PAI

D1076824

Editions Denoël

I

2

3

4

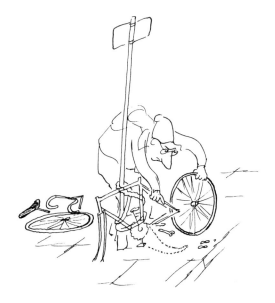

6

7

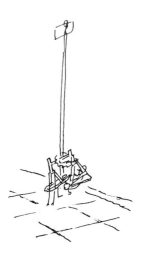

8

sempé.

à René-Alexis de Tocqueville
27, place de la République
Paris

Cher René-Alexis,

J'ai beaucoup pensé, dans l'avion, à cette proposition que vous m'avez faite la veille de mon départ pour NEW YORK.

Quel honneur pour moi de contribuer, si modestement que ce soit, à ce livre que vous avez décidé d'écrire sur les U.S.A, bien des années après votre illustre aïeul !

Je vous enverrai, en vrac, le récit de mon séjour à NEW YORK et peut-être pourriez-vous glaner, ici ou là, quelques renseignements pour votre ouvrage.

Votre ami dévoué,

Jean-Paul Martineau,

There are still women like that ! *

J'avais quitté mes amis les Stevenses, il y a quelques années, assez tendus. Ils sont beaucoup plus calmes.

Helen est beaucoup plus calme depuis qu'elle a un nouveau job plus créatif et depuis qu'elle a eu son enfant.

L'enfant est moins difficile depuis qu'ils ont un chien. Lequel chien est moins nerveux depuis qu'une jeune fille, gentille mais un peu tourmentée (c'est de son âge), les emmène promener, le chien et l'enfant, presque tous les jours. John pendant ce temps peut travailler au calme. Il aspire à un poste plus créatif maintenant qu'il a terminé son livre dont la parution récente le rend un peu fébrile.

Mes amis les Simpsons vont bien. Ils sont beaucoup plus calmes. La petite Sarah a apporté à Alice Simpson un équilibre qui lui permet, maintenant, d'écrire ce livre sur les relations entre parents et enfants qui lui tenait tant à cœur.

Michael aussi est beaucoup plus calme. Il a obtenu de je ne sais quelle fondation une bourse qui lui permettra d'écrire le livre qu'il porte en lui depuis si longtemps.

C'est la même jeune fille qui, lorsqu'elle ne va pas chez les Stevenses, promène Sarah et le chien. Parfois même le chat.

Pour célébrer le nouveau livre de John Stevens, les Simpsons ont donné une grande party. J'y ai retrouvé tout un
groupe d'amis, les Millers, les Wassermans, les Kelloggs,
etc. J'étais venu avec Solange Bellerin-Bouvard, la femme
de mon ami Bellerin-Bouvard. Elle parle très bien anglais.
On lui a demandé ce qu'elle faisait. « Rien, a-t-elle
répondu, sinon m'occuper de mon mari, des enfants et de la
maison. »

Comme on s'inquiétait de savoir si elle ne désirait pas se réaliser elle-même en faisant quelque chose de plus créatif, elle avoua qu'elle n'avait jamais bien su distinguer ce qui est créatif de ce qui ne l'est pas.

Mon anglais très approximatif ne m'a pas permis de saisir toutes les nuances du débat qui suivit. J'ai regretté, je ne sais trop pourquoi, d'être venu avec elle.

J'ai eu tort de m'inquiéter. Les Stevenses et les Millers que j'ai rencontrés deux jours plus tard à Central Park m'ont assuré qu'ils l'avaient trouvée charmante.

Bill Miller est critique littéraire dans un magazine qui n'est pas très important mais qui tend à devenir de plus en plus créatif. J'ai toujours connu Bill, au contraire de John, très sportif. Mais John, son livre terminé, a éprouvé un besoin d'activité physique, comme s'il fallait que s'élimi-

nent les scories d'un long effort intellectuel. « Et puis, s'épuiser à courir en compagnie d'un critique littéraire ne signifie nullement qu'on cherche à décrocher un article élogieux », m'ont dit les Simpsons chez qui j'ai dîné le soir même.

Ma faible compréhension de l'anglais ne m'a pas permis de savoir si cette remarque était ironique ou pas.

Pour célébrer la bourse qu'a obtenue Michael Simpson, les Millers ont donné un grand dîner-party. J'y suis allé avec Karen Fleming qui a beaucoup parlé de son travail qui semble très créatif. Comme on s'inquiétait de savoir si elle ne souhaitait pas se réaliser en tant que femme, c'est-à-dire avoir un mari, une maison et des enfants, elle a répondu que ce schéma lui semblait le comble de l'aliénation.

Encore une fois mon anglais ne m'a pas permis de suivre la conversation intense qui a suivi.

Elle gère, Karen Fleming, les budgets publicitaires de certaines boutiques dans le quartier de Soho. Ce sont des boutiques très spacieuses. Dans ces espaces, le Vase, la Robe, le Portemanteau, le Tire-bouchon, retrouvent leur vraie présence et leur vraie personnalité.

Bien qu'elle ne soit pas restée très longtemps chez les Millers, j'ai eu le sentiment, devant la vivacité des propos échangés, que j'aurais mieux fait de ne pas l'emmener.

Encore une fois j'avais tort, car le lendemain, alors que je me trouvais dans une de ces spacieuses librairies new-yorkaises où le Roman, l'Essai, la Biographie, retrouvent leur vraie présence, leur vraie dimension, j'ai rencontré Helen Stevens probablement comme moi à la recherche du livre de son mari.

Elle m'a assuré que tout le monde avait trouvé Karen absolument charmante, et que tout, à cette soirée chez les Millers, avait été très réussi.

Les Millers, d'ailleurs, m'ont semblé eux aussi beaucoup plus calmes. Ils ont cessé de fumer et ne mangent pratiquement plus de sel.

Comme à chacune de nos retrouvailles, Bill Miller a insisté pour que je déguste un vin. Je ne connais pas bien les vins, mais je connais Bill. Alors, après les hésitations d'usage, j'ai déclaré que j'étais en présence d'un excellent côtes-du-rhône. Un 83 ou un 85. Bill, aux anges, m'a montré la bouteille : un vin de Californie.

Ses deux fils, John et Irving, sont eux aussi devenus plus calmes. Après une nécessaire période d'intense révolte, ils ont canalisé la bouillante énergie de leur jeunesse. John travaille chez un agent de change, Irving dans un dynamique cabinet d'avocats. Ils sont très ouverts et férus de culture française ; ils sont abonnés au *Monde* et à *Libération*. Bill Miller était très heureux que je sympathise avec eux. C'était vraiment une excellente soirée.

A propos d'excellente soirée, il faut que je vous parle, mon cher René-Alexis, de la manière de prendre congé, ici à New York.

Votre visage doit adopter, au moment de quitter les lieux, une expression qui combinera les nuances de la plus profonde mélancolie (puisque vous devez partir) et les traces du bonheur ineffable que vous a procuré cette soirée. Le « It was <u>so</u> nice », qu'on prononce comme une action de grâces, équivaut à notre « Au revoir, à bientôt ».

Si, dans les jours ou les semaines qui suivent, vous rencontrez vos hôtes, vous devez instantanément vous retrouver plongé dans cette soirée qui vous a marqué à jamais. Le « It really <u>was</u> so nice » que vous exprimerez avec un délicieux désespoir enchanté correspond à notre « Comment allez-vous depuis la dernière fois ».

Beaucoup de choses sont arrivées ici, depuis la semaine dernière, mon cher René-Alexis. Tenez-vous bien. Les Bellerin-Bouvard ont tout simplement décidé de rester à New York. (Ils échangent leur appartement de Paris contre celui des Stevenses ici.) Ils ont cessé de fumer, et maintenant que j'y pense, ce que j'ai mangé chez eux m'a semblé manquer singulièrement de sel. Bernard Bellerin-Bouvard, qui fait quotidiennement ses trois tours de Central Park, a insisté pour que je tâte ses muscles abdominaux. Il m'a demandé ce

que j'en pensais. « Ils sont durs », ai-je dit pour lui faire plaisir. « Non. Pas durs. Toniques », m'a-t-il répondu. « La chose qu'on doit comprendre à New York, c'est que tout doit être tonique. »

Solange, de son côté, a enfin réalisé qu'il fallait un complément à son rôle d'épouse et de mère de famille. Elle commence, en free-lance, un job qui dans peu de temps se révélera être très créatif. « Et puis, me dit-elle, tout est tellement plus facile à New York. »

« Nous ne nous en rendions pas compte, mais nous étions en train de nous enliser, ici à New York », me disent les Stevenses. Cet échange d'appartement les ravit. Helen projette d'écrire un livre, et elle estime qu'elle ne pourra mener ce projet à bien si elle ne prend pas une certaine distance par rapport à leur vie habituelle (entre son travail et le bébé, elle n'a pas de temps pour elle-même).

Elle pense que John, maintenant que son livre est publié, se doit de prendre, lui aussi, un certain recul. « Et puis, me dit-elle, tout est tellement plus facile à Paris. »

Michael Simpson est en train de décider (il m'annonce ça avec le calme de la profonde détermination) de s'établir pendant quelques mois dans leur petite maison du Connecticut où la vie est tellement plus facile. Il pourra écrire son livre : « Maintenant que j'ai obtenu cette bourse de la Fondation, il faut bien que je le fasse, ce bouquin », me dit-il, très concentré.

La vue, de leur appartement, est splendide. Je lui dis que, si j'habitais là, je ne pourrais rien faire d'autre que de regarder par la fenêtre cette vie grandiose et scintillante. « C'est justement le problème », me dit Michael calmement.

Karen Fleming va se marier. Helen Stevens et Alice Simpson, ravies de la nouvelle, ont tenu à organiser elles-mêmes l'"engagement party" qui est, vous l'aurez compris, mon cher René-Alexis, l'équivalent de ce que nous appelons, en France, des fiançailles. A ceci près que le mot engagement, prononcé avec l'accent américain, me terrorise un peu. Hier j'ai répété à plusieurs reprises : « J'ai rompu mes fiançailles », ce qui, vous le savez, m'est d'ailleurs arrivé, et la phrase me paraissait douce et un peu mélancolique, mais sans gravité excessive. Quand je disais « J'ai rompu mon engagement », j'avais l'impression

qu'une culpabilité énorme me tombait sur les épaules et j'entendais des cliquetis d'attachés-cases d'hommes de loi qui s'ouvraient sur des papiers timbrés, tamponnés de cachets officiels.

Quoi qu'il en soit, Karen Fleming a présenté son futur mari qui est un banquier digne et calme. Elle est toujours aussi élégante, mais beaucoup plus réservée. Elle est plus calme aussi.

Elle a pris conscience à temps, répétait-elle, qu'elle risquait de tomber dans le piège du schéma femme d'affaires indépendante se consacrant uniquement à son travail.

Je ne voudrais pas que vous pensiez, mon cher René-Alexis, que mes amis new-yorkais sont changeants. Ils ne sont pas changeants. Ils évoluent. Ils s'adaptent. « C'est la grande leçon qu'on apprend ici », me disent les Bellerin-Bouvard. « Il faut savoir s'adapter » car tout change très rapidement comme le temps, ici, qui n'est jamais le même.

Ce matin, les News avaient annoncé un brusque change-
ment de temps vers 15 heures. Stupidement, je n'avais pas
tenu compte de l'information, mais, à la seconde goutte,
quelqu'un de prévoyant a surgi et m'a offert, en échange
d'une somme assez modique, un parapluie.

Assez vite, l'averse s'est arrêtée, chassée par un vent vio-
lent qui a retourné et déchiqueté mon parapluie que je vou-
lais rapporter à Paris,

un peu vexé, j'ai voulu rendre mon parapluie devenu grotesque. Mais le vendeur avait, comme le temps, évolué lui
aussi ; il proposait des montres, qui permettaient de se
rendre compte que l'averse avait duré exactement le temps
prévu.

> A bientôt, mon cher René-Alexis,
> Votre dévoué,
> Jean-Paul Martineau.

49

To keep in touch. *

* Garder le contact

Mon cher René-Alexis,
Si vous avez besoin d'un renseignement, un vendredi après-midi, vers 17 heures ;

si vous vous trouvez un dimanche matin, dans une avenue enneigée, où les feux de signalisation règlent une circulation fantôme dans un silence inhabituel ;

si vous vous trouvez seul, dans l'ascenseur de votre hôtel. Que cet ascenseur s'arrête à un étage que vous n'avez pas demandé. Que la porte s'ouvre lentement. Que personne ne vienne. Que cette opération se renouvelle plusieurs fois, à des étages différents mais qui se ressemblent tous. Que cet ascenseur descende quand vous lui demandez de monter, et inversement,

vous comprendrez, mon cher René-Alexis, à l'heure où les ombres s'étendent d'une façon inquiétante en donnant à la ville une grande beauté mélancolique, que si, dans presque toutes les chambres d'hôtel de New York, vous trouvez un annuaire et une bible, c'est pour garder le contact. To keep in touche.

Car, mon cher René-Alexis, ce qu'il faut ici à New York, c'est entrer en contact, avoir le contact, garder le contact. Tout est organisé pour cela. Les téléphones bien sûr,

Hi ! That was Helen. Bye... Hi ! This is Jane. Rappelle-moi. A bientôt !... Hello John, this is Bob. Rappelle-moi. Je suis chez moi jusqu'à midi. A partir de deux heures je serai au Eight, one, two, four, two, one six. Tu peux aussi essayer de me joindre à trois heures au : Eight, one, two, four, two, one, seven,
Hello Bob, this is John. Il e midi quinze. Je ne pourrai pas t'appeler à deux heures. Mais tu peux, toi, m'appeler au : Eight, two, two, three, seven, seven, one ou alors ce soir chez moi...

et leurs auxiliaires indispensables, les enregistreurs téléphoniques qui veillent à ce que chacun sache où est l'autre et permettent d'indiquer sa propre position, aux divers stades de la journée.

Autre moyen d'établir ou de garder le contact, les cartes de visite. Il faut toujours en avoir un stock sur soi.

Comme vous le savez, mon cher René-Alexis, mon oncle de Périgueux, André Cazenave, a subi de cruelles désillusions dans sa tentative de conquérir une part du marché américain. Je peux vous affirmer que sa façon de griffonner sur des pages arrachées à son agenda (il avait oublié ses cartes) son nom ainsi que son métier : imprimeur, a produit un effet déplorable.

Mais, ici comme ailleurs, rien ne remplace les contacts humains. Du reste les New-Yorkais ne négligent aucune occasion pour les multiplier. Mon ami Charles Wasserman qui travaille dans la communication — « Pas la publicité, la communication globale », aime-t-il à préciser — m'a emmené à une charmante petite fête. Une agence de publicité le fait travailler pour la promotion d'une importante société. Le représentant de la société a offert à tous ceux qui

participent à ce travail, une sorte de médaille. Le directeur de l'agence de publicité a distribué une jolie reproduction en couleurs, sur du beau papier, d'une annonce réalisée, ainsi qu'un diplôme où chacun avait son nom joliment calligraphié.

Dans les discours échangés, il fut précisé à plusieurs reprises que cela laissait augurer d'une longue, amicale et fructueuse collaboration.

Deux jours après j'étais chez mes amis Wassermans, ceux-ci étant occupés, j'ouvris la porte à quelqu'un qui portait une enveloppe et une roue de bicyclette. C'était un messager qui repartit avec sa roue, mais laissa l'enveloppe après avoir fait signer un reçu. La lettre venait de l'agence de publicité qui expliquait que la société avait décidé de se passer des services de l'agence, laquelle agence précisait à Charles Wasserman qu'elle n'avait plus besoin de lui, mais que, bien entendu, ils restaient en contact.

Autre fête chez l'éditeur qui a publié le livre de mon ami John Stevens. Ethel Simmons, l'attachée de presse, a décidé de prendre une année sabbatique. Dans son discours, l'éditeur a dit à Ethel que lui-même, la Maison, les auteurs et les journalistes trouveraient cette année bien longue, combien son savoir-faire ferait cruellement défaut. (John me glissa à l'oreille qu'elle était nulle.) Avec une sorte de médaille, Ethel reçut quelques succès de la Maison, reliés, dans un élégant coffret. (John me dit que, même sous cette forme, elle ne les lirait jamais.) Ethel, visiblement émue, dit que si

elle n'avait pas eu son billet d'avion en poche (pour une des-
tination qu'elle ne voulait pas révéler, mais elle resterait en
contact avec tout le monde, soyez-en sûrs), elle n'aurait pas
trouvé la force de partir. (John me dit que l'éditeur allait
enfin trouver le moyen de la virer.)

Puis Ethel embrassa l'éditeur. Puis tout le monde. En
embrassant John, elle lui confia que jamais elle ne remettrait
les pieds dans une boîte pareille, qui d'ailleurs allait som-
brer. Tout le monde se promit de rester, plus que jamais, en
contact.

Après la fête chez l'éditeur, je me suis précipité pour aller dîner chez Mary et Bob Brisman. « Ce ne sera pas une party, mais un dîner assis, entre intimes », m'avait dit Mary. « Venez à 20 heures. » Les Américains n'ont pas cette déplorable habitude française qui consiste à vous inviter à 20 heures, ce qui signifie qu'il faut arriver au plus tôt à 20 h 30, pour ne passer à table qu'une heure après, ayant bu plusieurs verres et dévoré des kilos d'amuse-gueule qui vous ont définitivement coupé l'appétit.

A 20 heures, j'étais là. Nous étions assis, les intimes, autour d'une table déserte, hormis un bougeoir. Pas d'assiettes, pas de verres. Pas la moindre odeur alléchante provenant de la cuisine, merveilleusement aménagée, dans le loft de mes amis.

A 20 h 01, on a sonné. Un Chinois a apporté un dîner chinois, avec des assiettes légères chinoises, des baguettes, de l'alcool chinois. Je me suis rendu compte que l'étrange musique que j'entendais était de la musique chinoise.

(Je me suis félicité d'être arrivé à l'heure exacte. La semaine dernière, je suis arrivé chez des amis en même temps qu'un dîner indien, et je vous assure qu'on se sent un peu grotesque d'arriver en même temps que le dîner lui-même.)

J'étais assis à côté de Kate, la jeune sœur de Mary Brisman. L'alcool chinois aidant, je lui ai parlé avec un certain lyrisme de tout ce que représentait New York pour moi. Elle m'écoutait comme savent écouter les Américains. Soulignant ce que je disais de quelques « O my God c'est tellement vrai ce que vous dites là » ou « My God que vous êtes sensible et délicat ».

A la fin du dîner, je lui ai proposé de l'emmener dans une boîte. Elle a accepté.

Nous descendions l'escalier du club de jazz dont le nom seul — le Village Vanguard — nous a tellement fait rêver, mon cher René-Alexis, dans notre jeunesse, quand la musique a commencé. La main de Kate s'est crispée sur mon bras. Il y avait du monde. « Je suis là », ai-je cru bon de dire. « Ça n'est pas le problème », m'a dit Kate. Elle m'a expliqué que c'était la musique que son père adorait.

Qu'elle avait subi cette musique durant toute sa jeunesse, et que lorsqu'elle écoutait la musique qu'elle aimait, elle, son père lui ordonnait de baisser le son et de fermer la porte de sa chambre.

Elle a décidé de partir, tout de suite. Elle a refusé que je la raccompagne, mais nous nous sommes promis de rester en contact.

J'ai quitté le Village Vanguard très tard et un peu seul. Je suis tombé sur une connaissance de Paris, un dénommé Frison ou Brisson qui travaille, si je me rappelle bien, dans le prêt-à-porter.

Nous avons échangé nos cartes en nous promettant de garder le contact.

A bientôt, mon cher René-Alexis,
Jean-Paul Martineau.

You got it ! *

Hier, mon cher René-Alexis, j'ai rendu visite à votre cousine et lui ai remis le paquet que vous m'aviez confié. Cela ne m'a pas dérangé ; ici à New York tout le monde porte quelque chose, quel que soit le moment de la journée. Comme la ville est constamment en travaux, on a l'impression que chacun participe à un gigantesque déménagement perpétuel.

Votre cousine était enchantée par votre cadeau. Je lui ai
expliqué que c'était du tissu de Provence, tissé par des arti-
sans de Provence et que c'est grâce à cette fabrication artisa-
nale que le bleu de ce tissu est une savante adaptation des
bleus de Cézanne, de Bonnard, de Dufy, etc. Elle était
émerveillée, vraiment.

Quand ses deux filles, Helen et Mary, ont ouvert leurs paquets respectifs, elles ont eu des exclamations de surprise et de joie qui faisaient plaisir à entendre. Elles ont écouté, très intéressées, mes explications. J'ai aussi indiqué les multiples emplois de ce tissu : nappes, foulards, châles, etc. Nous sommes passés dans la pièce à côté pour prendre le thé.

De délicates tasses bleu pâle étaient disposées sur une nappe d'un bleu plus soutenu. Un bleu de Provence. C'était d'ailleurs le même tissu que celui que j'avais apporté. Les petites serviettes et les petits coussins posés sur les chaises étaient aussi du même tissu (je me suis laissé dire, depuis, qu'une boutique sur Madison Avenue en vend des kilomètres). Personne n'a évoqué cette coïncidence.

Pas la moindre remarque qui eût risqué d'altérer l'origi-
nalité de votre cadeau ou le talent de décoratrice de mes
hôtesses. Je me suis extasié sur la délicatesse du bleu des
tasses. Ce qui était positif.

Ne voyez là, mon cher René-Alexis, aucune trace
d'hypocrisie. A New York tout doit être positif.

J'avais entrevu ce côté positif, chez les New-Yorkais, quand j'ai assisté au Marathon. Un des concurrents (il portait le numéro 6844, je m'en souviens parce que c'est ma date de naissance) était encouragé par des passants. Il était encore loin de l'arrivée, et son état indiquait nettement qu'il ne terminerait pas l'épreuve.

Pourtant les gens lui criaient : « You got it ! » ce qui signifie « Vous l'avez eu ! » ou « C'est dans la poche ! ». Cette anticipation verbale pour une réussite plus qu'aléatoire participe du désir qu'une intention, une tentative réussisse.

Que ce soit positif.

La dynamique de la langue favorise le côté positif, en ce sens qu'elle confère de l'importance à ce qu'on est capable de faire. Par exemple si vous dites : « A la campagne, je fais du vélo. » Alors qu'en France la réponse serait : « Moi aussi » (ce qui vous retire tout mérite personnel) ou « Vous avez raison, ça fait du bien » (qui, par son évidence, clôt toute continuité) ; ici, le « You do ? ! » qu'on vous répond sur un ton interrogatif et admiratif, vous permet une relance à ce débat passionnant.

L'écoute aussi, chez les New-Yorkais, est dynamique. Quel que soit votre vocabulaire, vous êtes encouragé par des « I see » au moment où votre pauvre discours devient le plus confus. Des « Fantastic ! », des « Great ! » débanalisent vos propos. A la fin de la soirée, on vous aura persuadé qu'un nouveau funny man est entré à New York.

L'intensité doit toujours être maintenue. Pour un dîner prévu, pour lequel de nombreux coups de téléphone auront été échangés, la surprise est de règle. Sur le pas de la porte on poussera des exclamations de joie bien sûr, mais aussi d'étonnement voire d'incrédulité pour donner de l'ampleur à l'événement.

On nous a beaucoup parlé, mon cher René-Alexis, lorsque nous prenions nos leçons d'anglais, de l'accent tonique. Mais il faudrait aussi parler du dynamisme ascensionnel et émotionnel de la phrase

qui renforce l'intensité pour amplifier l'événement.

Si, par hasard, l'intensité faiblit,

c'est pour repartir avec plus de détermination et de conviction.

HOT DOG $1¹⁰
HAMBURGER $...
CHEESE $...
EGG $...

Cette intensité et ce dynamisme génèrent chez mes amis la passion de la nouveauté. Vendredi dernier, je devais dîner avec les Simpsons dans un restaurant chinois. Deux jours avant, le mercredi, les Stevenses décidaient de se joindre à nous et de nous faire découvrir un restaurant latino-chinois. Le jeudi, message à l'hôtel : les Millers vont venir avec nous. On se retrouvera tous dans un nouveau restau-

rant thaïlandais. Vendredi après-midi, nouveau message : John Stevens a découvert un restaurant extraordinaire, un restaurant afghan. On va tous y aller. Mais pas vendredi soir, il est fermé.

Nous nous y retrouverons tous (entre-temps on se télé-phonera) la semaine prochaine.

Dans le travail, si vous avez un projet à soumettre, les New-Yorkais vous encourageront, comme ils encouragent les participants du Marathon ;

à chaque carrefour important, des gens au courant de votre projet vous présenteront et expliqueront vos intentions

à d'autres personnes qui prendront, en quelque sorte, le
relais

pour vous encourager en commentant d'une façon flatteuse
votre performance,

Mr Berenstein LOVES YOUR IDEA   but

vous aidant ainsi à arriver près du but. Si près même, que vous pouvez constater que d'autres sont arrivés avant vous.

Rapidement, mon cher René-Alexis, on s'aperçoit qu'il faut adopter soi-même cette façon de s'exprimer, ce style convaincant. C'est, j'en suis persuadé, grâce à cela que Mary, une des filles de votre cousine, a accepté mon invita-

tion, après plusieurs essais infructueux. Je savais qu'elle aimait la danse : j'avais réservé deux places au Lincoln Center.

La ballerine était étourdissante de légèreté. Le danseur faisait des bonds prodigieux. Je connaissais bien ce ballet, et je me rappelais très bien l'argument ; je savais bien que, malgré ses bonds méritoires, le danseur ne séduirait pas la

belle danseuse. Pourtant, je ne sais pourquoi, je me suis sur-
pris à murmurer : « You got it ! You got it ! »

A bientôt,
Jean-Paul Martineau.

To grow [*]

_____

[*] Croître, pousser

Hier matin, mon cher René-Alexis, je suis allé dans une banque toucher mon premier chèque d'un journal new-yorkais. C'est une Cérémonie qui comporte plusieurs Épreuves. L'Épreuve de la Vérification, l'Épreuve du Labyrinthe et l'Épreuve de la Ligne à ne pas Franchir ont donné une telle solennité à la somme pourtant modique que

je devais empocher, que j'ai succombé, pour mon plus grand bien, à l'Épreuve de la Question jamais formulée, toujours suggérée : « Avez-vous réellement besoin de cet argent sur vous ? » J'ai donc prié la banque de gérer mon pécule aux meilleures conditions. De le faire croître et embellir.

Offered
by FLOWER Hm
143 W 73rd ST
840 3011

Car, mon cher René-Alexis, tout doit croître ici, prospérer, se développer. Du plus humble au plus puissant, tout le monde cherche à faire quelque chose de « great », quelque chose de « creative ».

Nous parlions de cela, les frères Millers et moi, hier soir. De cette faculté qu'ont les New-Yorkais de faire se développer les choses, leur donner un prolongement, un essor, de valoriser en quelque sorte le travail, l'effort. Ils ont été prodigieusement intéressés par votre projet, notre projet de livre.

Ils ont lu avec un grand intérêt les doubles des nombreuses notes que je vous ai adressées. Irving Miller va d'ailleurs vous écrire prochainement.

Sincerely yours,
Jean-Paul Martineau.

Monsieur,

Notre ami et client Monsieur Jean-Paul Martineau nous a longuement entretenu du projet de livre que vous avez entrepris en commun.

Il nous a remis copie des documents qu'il vous a adressés ; documents pour lesquels nous vous demandons d'envoyer une provision de 10.000 $ par retour du courrier. Ce premier versement nous permettrait d'éviter toute procédure contentieuse.

Nous vous ferons parvenir très prochainement un projet de contrat fixant les modalités de répartition des droits d'auteur entre vous-même et notre client.

Dans l'attente de vous lire, nous vous prions de croire, Monsieur, à l'expression de notre considération distinguée.

Irving Miller,
Avocat à la cour

HARPER SINGLETON & BURNBAUM

September 15, 1989

Monsieur René-Alexis de Tocqueville
27 place de la République
75010 Paris
France

Ref.: Martineau - de Toqueville Book Collaboration

Dear Sir,

Our friend and client, M. Jean-Paul Martineau, has spoken to us at some length about the book that you and he are preparing together.

He has entrusted us with a copy of the various documents that he has sent you. We would appreciate receiving from you as soon as possible a first check for $10,000 in payment for the information which he has transmitted to you; this will enable us to avoid having to institute legal proceedings.

You will be receiving very shortly the first draft of a contract containing all details of the royalties due to our client, M. Martineau, in this collaboration.

We look forward to hearing from you at your earliest convenience.

Sincerely yours,

Irving Miller,
Attorney at Law

sempé.

Impression Tardy Quercy S.A. à Bourges (Cher)
le 6 Avril 1992
Dépôt légal : Avril 1992
Numéro d'imprimeur : 92-03-0002

ISBN 2-07-038507-8 - Imprimé en France
Précédemment publié par les éditions Denoël
ISBN 2-207-23598-X

55187